뻔하지만 지루하진 않았다

뻔하지만 지루하진 않았다

조남준 시집

문학나무

시인의 말

시詩

내가 뭔가 말하고자 함은
뭔가 남기고자 함은
그것을 시詩라 하자.

그것은 누군가와 말을 나누기 위함이다
그것은 누군가와 마음을 나누기 위함이다
소년에게
청년에게
중년에게
노인에게
시공을 떠나 누구 하나
위로가 되고 격려가 될지도 모르는 일.

넘어지고 일어나고 넘어지고

수없이 비틀거리며 주저앉지 않은 삶.
뻔하지만 지루하지 않게 보낸 삶.

무엇으로 웃고 왜 울고 어떻게 버텨왔는지
그 삶을 고백하는 것이기 때문이다.

그리고
나도 위로받고 싶기 때문이다.

2026. 4.
조남준

차례

2
나를 찾아서

3
함께 걷는 길

사랑 이야기

1

편지

네 눈은
고운 꽃으로 가득하고

네 맘 속엔
맑은 시가 넘쳐 흐르니

나는 너를
꼬옥 안을 수밖에

너는 내게
선물 같은 꽃다발

빛 바랜 사진

앨범을 뒤적이다
툭 떨어진
네 어깨 꼬옥 안은
잊었던 추억
겨울의 끝자락에 봄바람 이는
먼 옛날 소양강 그 선착장

입은 옷은 50년 전 올드 패션
흐릿하게 쓸쓸하게
그것도 낡았구나

그래도
두 얼굴에 어린 웃음
봄날 같아서
뜨거웠던 우리 가슴
꽃피어 있네
내가 꿀 수 있는

천국 있다면
네 손 잡고 시간 잊던
바로 그 순간
행복하고 그리운
그때 그 순간

먼 산 잔설이
네 눈 속에
녹는다

너와 나는 원앙이었지

데이트 시절 우리는
눈치 없고 철이 없는 원앙이었지
잠시라도 떨어지길 못 견뎌했지
친구들은 놀려댔었지
놀러 가는데 또 혼자 도시락 지참했다고
그러나 우리는 눈하나 끄떡 않했지
눈치 보고 철이들 틈이 없었지

전주도 광주도 어디든지 함께 갔었지
닭살이다 애들이다 시빌 걸어도
잡은 손에 더욱 더 힘을 주었지
우리는 잠시라도 못보는 게 싫었었지
네 손 놓고 하루 되면 밧데리가 방전됐지

친구들은 마침내 시비걸길 포기했지
우리는 사랑으로 똘똘 묶인 원앙이었지
자유롭게 닭살 돋는 잉꼬였었지

〉

오늘 아침 너에게 편지를 쓴다.

연애담

선배님은 어떻게 결혼하셨어요
후배들이 물었다
나는 남은 잔을 주욱 비웠다
언제나 가슴 뛰는 푸르른 추억
세상 떠난 그녀 향한 타는 목마름

천구백 칠십 팔년 우린
연애하다 결혼했지
일년에 오백 번을 만났었지
아침에 만나고 점심 같이 먹고 저녁에 또 만나고

그녀 아빠는 밤마다 통금 직전 들어오는 딸을
대문 앞에서 기다리다 혼빠지게 야단을 쳤지
나는 아침마다 그녀 사무실 근처 찻집에서
눈물을 닦아주며 점심 뭐할래 피자사줄까
피자를 먹으면서 우린 매번 다짐했었지 오늘 밤은
일찍 집에 들어가자구

〉
그날 밤도 또 늦었지 또 혼나고
다음날엔 또
커피 마시고 피자 먹고 친구 만나 같이 놀고

우린 같이 있고 싶었던 거야
헤어지기 싫었던 거야

장인이 어느날 질러버리셨지
야이 도둑놈아 빨리 데려가!
네! 장인어른 알겠습니다
그해 가기 전에 결혼을 했지
헤어지고 만나고가 필요없었지
끝

후배들은 재미 있다 박수를 치고
나는 공연히 눈을 비빈다.

당신은 울보

당신은 잘 울었지
당신은 자주 울었지
수줍은 소녀처럼 눈물 콧물 훌쩍거렸지
나는 놀려대며 같이 울었지.

당신을 추모하며
당신이 불꽃 같이 살았다는 데
토다는 사람은 아무도 없었지
당신이 디자인에
일에 미처 살았다는 데
고개젓는 사람 아무도 없었지
당신이 작품에 빠지면 그 찬바람에
주변이 모두 추웠다는 데
모두들 고개를 끄떡였지.

그런 당신이
천하에 울보라는 걸 나는 알지

드라마를 보며 주인공들이
헤어지면 슬퍼 울고 다시 보면 기뻐 울고
영원이 헤어지면 아파 울고
하이얀 휴지가 수북히 쌓였지.

불우이웃 돕기나 사랑의 손길
에이알에스 눌러대고 계좌도 메모하며
눈이 붉어지도록 울어댔었지.

그 눈물
짜기 보다는 뜨거웠었지
그랬었지
당신은.

밀면서 잡지요

밀면서 잡지요
당신이 넘어지면
나도 아프니까
잡으면서 밀지요
오래 잡아 지루해서

겨울 가고 봄이 오듯
꽃 진 자리 꽃 피듯이

우리는 그렇게
다투며 가지요
가면서 다투지요.

자기 바보야?

절망의 수렁에서
서서히 무너져가고 있을 때
네가 말했다.

자기 바보야?
내가 자기를 모를까봐
나보다 더 자길 믿을 사람이 누가 있어

나는 일어났다
그 순간 너는
신이었다.

당신은 몽상가

당신은 살아서 꿈을 꾸었지
그것도 자주 그것도 크게
나이 들면 꿈들은 작아지는데
당신은 반대로 더 크게 더 자주

화가가 되고 싶어 화구를 사들이고
몇 달쯤 서재는 화실로 변했었지
가구 디자이너 꿈꾸면서
책상도 의자도 만들어 봤지
만나는 사람마다 친구 삼았지
미국 사람 영국 사람 중국 사람 한국 사람
당신은 얼기 설기 당신 세계 만들었지

당신은 꿈 많은 소녀
욕심 많은 소녀
영원한 소녀

당신은 일을 보면 끝장을 봐야했지
한 치의 오차도 용납할 수 없는 병
하루 이틀 날새는 건 일상이 돼갔었지
그렇게 당신은 건강을 상해 갔지
안그래도 약한 몸이 시들어 갔지

말려도 듣지 않았을 당신을
말리지 못했던 나를
아파하며 후회하며
불꽃 같이 화려했던
당신 삶을 정리한다.

임종

엄마가 준비된 것 같아
큰 딸이 말했다.

엄마 딸이어서 행복했다고 말했어
작은 딸이 울먹이며
내 등을 밀었다.

그녀의 손만 꼬옥 쥐고
나는
준비하고 준비했던
말을 삼켰다.

내가 뭐라 말하면
그녀가 정말
떠날 것이기에
그냥
잡은 손에 힘만 주었다.

〉
나는
너를
보낼 수가 없어.

42년 전
너를 만나 사랑했고
사랑해서 결혼했고
결혼해서 행복했어.

나는 너를사랑했고
사랑하고 사랑할거야.

한마디도
말이 되어 나오지
않았다.

빈 그림자

그대 슬픔이여
메마른 가슴 속 치미는 울컥임이여
빈 그림자 안고 흘리는 하얀 눈물이여

그대 고독이여
밴드소리 진동하는 축제 한마당
수많은 인파 속에 홀로 있음이여
까맣게 덮치는 고요한 외로움이여

그대 아픔이여
잔 부딪혀 달래던 깊고도 긴 밤
쓸쓸하고 아쉬운 그대 빈 자리
허기진 그리움으로 불타는 가슴이여

어떤 고독

말 시키지 마라
어렵사리 기침을
목 밑에 잠가 놓고 있는데
보름 동안 콜록 콜록 밤잠 설쳤는데

울리지 마라
기껏 통곡하는 가슴
물기 쏙 빼 말려놨는데
한 달 동안 흐른 눈물 방안 가득 흥건한데

혼자서
그럭 저럭 견뎌냈는데

착각

나는 내가
독한 줄만 알고 있었다

한 번쯤 울었던가
네가 나를 떠난 뒤
나는 덤덤하게 보내고 있었다

태어나서 나이들고 아프다 죽는 이치
오래 동안 아팠던 널 지켜보던 근육이
너를 보낸 슬픔을 버티게 해주었다

불쑥 불쑥 네 추억에 울컥했지만
지나가는 그리움으로 가볍게 흘렸었다
네가 떠난 일 년을 그렇게 보냈었다

그러다 요며칠 너를 앓는다
몸속 곳곳 숨어 있던 너를 앓는다

네 생각에 눈물 콧물, 네 모습에 기침한다

네가 남은 것인지 내가 잡은 것인지
따져 볼 틈도 없이 열병에 빠져있다

나는 몰랐었다
너를 보낸 아쉬움 네가 떠난 상처가
온 몸에 술래되어 깊이 깊이 숨은 줄을
애써 까맣게 모르고 있었다

나는 내가 독한 줄만 알고 있었다

등불 하나

산다는 건
아직
존재가 지워지지 않았다는 것

속절없이 시공 속에
그냥
깜박이고 있다는 것

너를 그리워하는
등불 하나
꺼지지 않고 있다는 것

그대여 이 밤

어둠
적막
텅 빈 고요

……

……

피어나는 그리움
얼굴
목소리

잔잔한 손잡음

그대여 이 밤
나는
꿈꾸지 않는
꿈

여보

여보 부르면 그대가 대답할까
당신 그러면 그대가 대답할까

그대를 호흡하며 살았을 때도
그대 생각만으로 피가 돌 때도
불러본 적 전혀 없는 이 호칭들
내 부르면, 그대가 알아들을까
살아 생전 징그러워! 소리지르며
질겁하며 손사래친 낯선 호칭들

오늘 저녁 부부 모임 있었지
그대를 좋아하던 친한 친구들
나를 위로하려 마련한 자리
부인들의 나를 향한 측은한 눈빛
나는 외롭게 작아 있었지

그러다 나는 들었지

그들이 쌍쌍으로 부르는 소리
여보! 당신! 정답게 부르는 소리
천둥처럼 큰 소리로 들려왔었지
바늘처럼 내 가슴에 파고들었지
나는 쓸쓸하게 작아졌었지

집에 오며 후회하며 다짐을 했지
늦었지만 당신을 여보라고 부르자고
아침 저녁 잊지않고 당신을 부르자고
서재에 놓인 당신의 영정 향해
목청 다해 외치자고

여보 안녕! 당신 뭐 먹고 싶어?

옷가게

우리 동네 옷가게
영어 이름 옷가게

네가 살았을 제
잠깐만 하고 들어가면 깜깜 무소식
점심 저녁 약속이나 산책 길 나선 때에
어김없이 그 집은 간이 정거장
그냥은 못 지나는 참새 방앗간

돌부리를 차다 차다 발부리가 아플 때쯤
옷 하나 걸처 들고 행복해서 나오던
이 집은 옷에 비해 너무 싸 하며 눈길 피하던

그 집 앞을

오늘은 등산길에 서성거리다
불꺼진 쇼윈도 안쪽을 두리번거리며

옷 고르는 네 모습을 그려낸다
해군 제복 같은 옷을 걸치고 환하게 웃으며
멋져? 묻는 너를 본다.

그리움

한 시절
하고싶은 일이
많기도 했었다
이리저리 기웃대다
다 놓치고 말았지만
그 맛과 향기들 내 몸 곳곳 묻어 있고

그 시절
혼자만의 사랑은 왜 그토록 많았는지
까만 눈동자와 매혹적 입술 사이 망설임
거절받는 공포이기도 선택 후의 미련이기도
열열히 사랑하다 처참하게 버림받는
달콤한 아픔을 꿈꾸기도 하다가

갑자기
폭풍처럼 네가 나타나 나를 삼켜버리자
공포도 미련도 언제인듯 사라지고

모두는 어여쁘게 배경으로 물러나고
사는 동안 너는
내게 행복을 가르쳤지

오늘도
그 많은 열망
그 고운 사랑들
네 환한 얼굴 뒤로 맥없이 잠기누나
이렇게 항상 너는 내 곁에 있었구나
내 삶은 다 네 것이었구나.

자기

요즘 당신
내곁에 와 있는 건가
하늘나라 휴가 받고 와 있는걸까
당신이 불쑥 불쑥 나타나니까
자꾸만 주변을 휘돌아 본다
실없이 웃으면서 되돌아 본다.

당신과 가끔 가던 나뭇잎 스시
오늘은 달랑 세 테이블
오른쪽은 젊은 부부
왼쪽은 저만큼 나이든 부부
가운데 나만 홀로 초밥 먹으며
외로워서 마시는 사케 도쿠리.

조그만 공간에 사회적 거리
점점 거리가 좁혀져 가고
그들의 속삭임도 크게 들렸네

그 중에 한 소리가 나를 찔렀네
오른쪽도 자기 자기 왼쪽도 자기 자기
당신도 내 귀에 자기 자기.

언제부턴가 당신이
나에게 불러준 그 자기
짜릿하고 달달했던 그 자기
나는 당신에게 되돌려 못 준 그 자기
연습도 해봤지만 목에 걸려 못 나온 그 자기.

오늘은 불러 줄게 큰 목소리로
간만에 당신이 휴가 왔으니
그만 하고 당신이 손들 때까지.

나는 자기가 옆에 있어 너무 즐겁다
자기야 예뻐졌네
자기야 사랑해
자기야 알지?
자기야 자기야 자기야.

그대 내게 온다면

당신이 영혼으로 내게 온다면
당신이 신이 되어 내게 온다면
당신에겐 과거 현재 다 보이고
시시콜콜 하나하나 다 보이고
그것도 투명하게 다 보인다면

나는 몹시도 쑥스럽겠지
당신을 속인 것들
당신 몰래 숨긴 것들
부끄러워 감추고픈 아픈 비밀들
벌거숭이 알몸으로 벗겨지겠지

그래도 당신이 그렇게
다시
안녕하고 윙크하며 나타나면 좋겠다
당신은 신처럼 모두 알테니
당신 향한 내 마음 속속들이 알테니

〉
내가 얼마나 당신을 사랑했는지
다툴 때도 미울 때도
사랑했는지
당신은 유리알처럼 보게 될테니
첫키스의 굳은 약속 지켜냈는지

포로

외롭지 않느냐, 이제는 누군가를 만나세요
와이프 떠나 수절? 한 지 어언 2년
그녀의 절친 후배가 전화를 했다

형부와 딱 어울리는 여자예요 하며
건네받은 여인의 이름을
서둘러 구글로 찾아봤다가

어이쿠 깜짝이야!!

와이프와 가장 뜨거웠던 때에도
슬쩍 슬쩍 곁눈질로 달아오르던
그 탤런트 판박이가
방긋 방긋 웃으며 나타나질 않는가

그날 밤
떨리는 가슴 안고

기다리는 와인바 입구
판박이가 바바리 깃 올리며 나타나고

아이 깜짝이야!!!

그 뒤로 등장하는 와이프의 얼굴
서슬 퍼런 눈초리에 불꽃이 튄다
아니, 어두운 천정 위 높은 곳에서
쯧쯧쯧 혀를 차며 내려다 본다

바바리는 혼비백산 연기처럼 사라지고
꿈인지 생시인지 나는 모르고

내가 뭘! 나는 찔끔 딴전을 피며
그녀 앞에 차렷자세
아!
나는야 아직도 그녀의 포로

가을 일기

신촌로타리 2층
추적 추적 내리던 비는 그쳤지만 아직도
회색 하늘은 20층쯤 건물에 얹혀 있다
반쯤 남은 갈색 잎새들이 잔바람에도
어깨 좁혀 움추리는 가로수 밑으로
거리엔 두툼해진 사람들의 발길에
낙엽이 사방으로 바쁘다

스산하다

오늘은 오늘은
11월 3일
아주 옛날엔 학생의 날
45년 전 이후로는 결혼기념일
보고서 또 보고픈 사랑으로 밀어서
우리 함께 살기 시작한 날
잊어버리면 혼나는 날

이런 저런 선물로 네 맘을 달래던 날
백 송이 붉은 장미 다발을 대표이사 명으로
보내어 두고두고 웃음거리 되던 날
재작년 이후론 나 혼자 외로운 날

가로수에 기대어 네가 손을 흔든다
검정 가죽 바지와 점퍼 위로 하이얀 이를
내 보이며 네가 웃는다

언제부터 서 있던거야?

나뭇잎 하나가 떨어져
네 발 끝에 채인다.

일요일 오후

오늘은 일요일
점심을 먹고 서재에 앉아
방안 가득 몰려든 휴일 오후 햇살을 즐기며
오랜만에 옛날 앨범을 뒤적이다
너의 맘을 만난다

누더기처럼 곳곳이 잘려나간
사진들을 보면서 그날을 추억한다

신혼 초였지
부산 출장에서 돌아온 그 오후는
빈 방의 탁자 위에 결혼 전 앨범들이
내동댕이친듯 함부로 펼쳐져 있던 그 오후는

앨범 속의 그 많은 추억들 사연들
내 옆에는 좌도 우도 아무도 없었다
아니 남자는 있었지만 여자가 없었다

소녀도 여인도 잘려나가고 없었다
어떤건 얌전하게 어떤건 거칠게

나만 혼자 맥락없이 웃고 있었다
분명 나처럼 웃고 있었을 그녀들은
죄도 없이 너의 가위날에 오려나가고

나는 대책없이 어이없는 마음으로
친구 후배들에게 사과하며
잘려나간 조각들을 찾았으나
너는 이미 어딘가 멀리 격리시킨 뒤였지
그런데
내 얼굴은 웃고 있었지 네 맘을 읽고 있었지
나는 온 몸과 맘이 뜨거워져 다짐했지
네 가위 길에 보여준 네 뜻에 따르자고

있잖아
오늘 초겨울 햇살 받으며
앨범을 뒤적이다 너를 만나고 네 맘을 만나고

잔인하게 뜨겁던 네 가슴이
시리도록 그립다

그대여

사랑은
아쉬움이다
그리움 넘어 아쉬움이다

흐뭇하게 바라보는
동영상 속 손자 손녀 활짝핀 웃음
꽃보다 더 예쁘고

함께 웃던 옆자리
너의 빈 자리
손 뻗어 더듬다가

비수로 가슴 에이는
아픔을 본다
즐거움 못 나누는 아쉬움이다

사랑은
아쉬움이다

그날 다투었지

우리는 그날
다투었지

자세히 보니 지저분하다
오래 보니 지루하다
너도 그렇다
나는
네 얼굴의 주근깨를 놀리고

자세히 보니 참 넓다
오래 보니 지겹구나
너도 그렇다
너는
내 얼굴의 면적을 놀리며

우리는 그날 밤새
詩적으로 다투었지.

도와줘!

안녕 하며 지나치던
영정 앞에서
오늘은 물끄러미 널 바라보다
도와줘!
손을 내민다

보형이가 밤새 술 먹고도
말짱하게 도와줘
수연이가 살은 지금에서 멈추고
골프가 뜻대로 맞도록
진태가 매력적 향기가 피어올라
사람들이 못견디게 함께 일하고 싶도록
하연이가 배짱도 결단도 너 같아져
턱없이 큰 꿈을 쉽게 꾸도록
도와줘!

윤헌이가 게임의 왕이 되도록

태연이가 차면 골 던지면 골인 되도록
윤서의 춤이 갑짜기 아이돌을 넘어서도록
지안이의 저돌적 뻔뻔함이 너와 나를 넘어서도록
도와줘!

나도
도와줘!

소각장에서

추모공원 소각장 유리창 밖에
나는 또 서 있었다
나이 칠십이 넘어 6년 동안
어머니 아내 처남 세번째 같은 자리
눈물은 나지 않았다
생로병사 무상쯤은 졸업한 지 오래고
끝없는 우주 수십억 영겁을 헤아리며
죽음의 행사는 산 자들의 유치한 놀이
나는 아무렇지 않게 그냥 서 있었다.

몇 개의 뼈조각으로 걸러진 유골을 확인하고
금방 분골 되어 나온 유골재를 함에 넣는 동안
나는 존재하지 않은 듯 서 있었다.

아빠!!!
터져나온 조카의 절규가
스물두살 외동딸의 피맺힌 눈물이

나를 깨웠다
존재의 현장에 나를 세웠다
내 눈 속에 뜨거운 물이 고여들었다
산 자들은 크고 작게 흐느껴 울었다
회색 분말이 되어 그는 떠났고
사람들은 행사로서 그를 배웅했으나
사랑하는 아내와 외동딸은
영원한 이별을 받아 들이지 않고 있었다.

네가 먼저 세상을 떠남에 네 잘못이 없음을
알면서
내가 너를 탓해도 네가 알아들을 수 없음을
알면서
슬픔을 울음을 책임져줄 어떤 이도 없음을
알면서

나는 4년만에
담배를 찾았다
담배를 피웠다
담배 연기는 허공에 피어나다
금새
사라졌다.

소식

무슨 할 얘기가 저리 많을까
무슨 전할 소식이 저리 많을까

밤새도록 내리는 부슬비
숨도 쉬지 않고 소곤소곤 끝이 없다

엊그제 네게 보낸 편지를 네가 받은 거겠지
주소도 없이 하늘로 보낸 그리움을
그것도 끝이 없었으니 너도 끝이 없구나
아프지 않고 잘 있다고 할 말이 많다고
소곤소곤 6년이나 쌓인 얘기

나는 일어나려다 다시 누워
가만히 창가로 귀를 기울인다
아침을 밀어내고 너를 듣는다

하얏트 노래방

그날 밤 노래방 취해 놀던 노래방
열 네 명이 돌아가며 목청껏 뽑아대던
기쁜 노래 슬픈 노래 하얏트 그 노래방

누구는 슬프게 누구는 신나게
누구는 꿈꾸듯 누구는 고래고래
저마다 제 노래에 신이 들려서
등수는 필요없다 내가 제일 즐겁다
모두가 일등으로 시간을 잊었지만

당신은 엔터테이너 탬버린 든 치어리더
아아!
그날의 챔피언은 당신 손바닥
퍼렇게 피멍이든 당신 손바닥
밤새도록 아파하든 당신 손바닥
그리워 가슴 저민 당신 손바닥

너는 항상 내 곁에 있구나

손을 뻗어 잡히지 않는다고
네가 없는 건 아니다
눈 감고 맘으로 바라보면
가슴속에 네가 펄펄 살아 있는데

네 목소리가 들리지 않는다고
네가 없는 건 아니다
눈 감고 가만 귀 기울이면
네 웃음소리 천둥처럼 울리는데

너는 그렇게 항상
깊고 고요한 밤이면
내 곁에 있구나

내 생은

그래
너만으로도
내 생은
살만한 것이었다.

나를 찾아서

아침 편지

친구여!

요즘 나는
혼 밥 하고
혼 술 하고
혼 숙 하고
혼 삶 하며

깊은 산 속 눈덮힌 작은 암자나
저 심해의 적막을 꿈꾸며

행복도 아니고 불행도 아닌
쾌락도 없고 고통도 없는
고요하고 편안한 시간을
죽음처럼 천당처럼
잘
견디고 있다

〉
그대는?

추신:
죽음을 잊고 있진 않다
때 되면 배고프다.

시의 숲

언제 부턴가
잠못이루는 밤
시를 외운다
시의 숲을 걷는다

시가 흘려주는
맑은 향기를 호흡하며
어느 시인의 달콤한 귀속말에
고개를 주억이며
시의 오솔길을 거닐다
스르르 잠이 들면
그건 꿀잠이다
평화의 세상이다

어떤 날은
어떤 시인과 함께
밤새 울기도 한다

무제

이유없이 아픈 때가 있다
이 아침 까닭없이 목구멍이 따끔거리듯
갑자기 슬픔이 몰려올 때가 있다

내가 너를 얼마나 사랑했었는지 기억이
안날 때가 있다
너로 인해 내 삶이 얼마나 후끈후끈했었는지
그려지지 않을 때가 있다
오늘처럼 때없이 두 눈에 물 고이는 날이 있다

그런 때가 있다
그런 날이 있다.

야망

잠깨어 돌아보면
하늘을 우러르면
부끄럼으로 얼룩진 삶

자랑거리 몇 점 쥐고
나팔소리 요란한 삶

너도 그렇지 너희도 그랬었지
물귀신 작전으로 버티는 삶

존엄하지 않은 삶이
존엄할 수 없는 삶이
존엄사를 꿈꾼다

고독 1

외로움도 고독도
함께 살지만
외로움엔 친구가 있고
고독엔 친구가 없다

외로움은 가슴에 오고
타는 그리움
전화로도 바알갛게 달래지지만

고독은 머리로 오고
절벽같은 절망
전화걸며 깊어지는 캄캄한 나락

고독은 혼자라는 뼈저린 깨달음
혼자일 수 없는 혼자가 끝없이 버티는 것
고독의 친구는 고독뿐이다.

고독 2

외로움과 고독은
결이 다른 쓸쓸한 형제

외로움이야 토닥이는 손길로
포근히 감싸안아 풀어지지만

고독은 각각의 언어로 철벽을 치고
각각의 성벽 속에 길을 찾는 몸부림
같은 단어도 서로 다른 질감이 수만가지
몇 번쯤의 소통은 고장난 전구처럼
깜박이는 찰나적 공감일 뿐
또 다시 제 각각 혼자가 된다

고독은 숙명처럼 혼자만의 것
죽음과 맞대면한 치열한 문답
고독에 무너지면 절망적 나락
이겨내면, 공기처럼 편안한 친구

〉
나는 고독을 즐기며 산다
떨굴 수 없는 그것은 이제 내 절친
마르지 않는 내 노년의 장난감

초침 소리

전자 벽시계의 초침 소리를
헤아리는 밤이 있다
있는지도 몰랐던 그 소리에
잠 못 이루는 밤이 있다
잊으려 애쓸수록 더 커지는 저 소리

네가 내 맘에 상처를 내고
내가 화나서 네 얼굴을 할켜버린 날
서로 언성 높여 얼굴 붉히고
각각의 아픔만 웅켜쥐고 등을 돌린 날

면역력이 약해진 거야
네가 그러리라는 걸 뻔히 알고 있었고
웃지는 못하더라도 참을 수는 있었는데
참을 수 없더라도 그렇게 할퀼 일은 아녔는데

너도 내 생각에 잠 못 잘까

초침 소리 헤아리며 밤새 뒤척인다.

여행

묵언수행默言修行
그건
나를 찾아 떠난 여행

묵언수행
그건
너를 찾아 떠난 여행

열흘이던
한 달이던
석 달이던

눈 뜨면 가시덤불
감으면 까마득히
뻔하게 누런 들판

가랑잎 하나 잔바람에

맥없이 나뒹굴고

묵언수행
그건
길이 없는 고독한 길

운동회

오색 풍선 둥둥둥 만국기 펄럭
높고 푸른 하늘엔 흰 구름 떼들

금빛 밴드 꽝꽝꽝 가슴 들뜨던
오늘은 운동회날 우리들 천국

엄마 아빠 동생들 김밥 싸들고
구경하고 응원하던 축제의 하루

기마전 상처입고 달리다 넘어지고
청군 백군 이겨라 종일 싸워도
이겨도 신나고 저노 신나넌

운동장 공터마다 큰 잔치 집
온 세상 맛난 음식 향내가 넘쳐
온 동네 어른 아이 함께 신나던
월드컵보다도 더욱 뜨겁던

〉
그 하루가

가을 바람 타고 온 그 하루가
이 새벽 나를 깨워 설레게 하네

세월 넘어 날아서 가고픈 고향
가슴 가득 멍먹한 그리운 시절

학교 가던 길

초등학교 등교길
기인 십리 길

호호 깔깔 하교길
짧은 들판 길

봄 가을엔
놀며 뛰며 금방이던 길

여름 겨울
덥고 추운 먼 행군 길

풀뿌리 돌뿌리에
묻은 사연들

오늘 새벽
바람 타고 내게 날아와

〉
저미는 가슴 안고
먼동이 튼다

그리움 가득 안고
먼동이 튼다.

자화상

내 나이 칠십을 넘기까지
내 삶을 관통한 건 열등감이었다.

열심히 공부하고
열심히 이겨내고
열심히 커갔지만
자의반 타의반 기준도 높아만 갔다
열등감도 손잡고 따라다녔다
어딘가에 없는듯 숨어 있었다
나조차도 속이며 숨어 있었다.

세살에 아버지를 뺏긴 내겐
아버지가 셋이었다
할아버진 자랑스럽던 아들 대신
삼촌은 존경하던 형 대신
아들 하나 믿고 살겠다고 작정한 어머니는
모두 내게 엄한 아버지 되어 매를 들었다.

〉
훌륭하고 착하게 자라야만 되었고
착하게 살며 더 착하려 노력했지만
조금씩 조금씩 부족한 듯 모자라서
굳은 몸은 언제나 작아 있었다.

어린 날, 쌍무지개 뜬 언덕의
이 층집 흰 블라우스 예쁜 여학생
반바지에 멜빵 맨 도시형 소년
키 크고 얼굴 하얀 부자집 친구
그들 앞에 나는 남몰래 작아 있었다.

어른이 되어
살아오는 도처에서 수시로 나는
작아지고 주눅들고 답답했었다
고개를 재껴보고 허세도 부렸지만
깊히 박힌 뿌리는 뽑히지 않았었다.

세상의 이 일 저 일 이놈 저놈
비수로 후벼대고 호기롭게 탓하지만
나만은 알고있지 나도 같은 놈
때 묻은 욕망 기울어진 저울

누구를 욕하고 누굴 탓하랴.

언제부턴가
모든 걸 깨달았다 마음 다독였지만
진리는 끝이 없고 자유는 항상 멀어
무상의 깨달음도 한나절일 뿐
다시 솟는 욕망에 무릎 꿇었다.

그러나 돌아보면
막막한 추억의 푸른 바다 위
즐거움 외로움 아쉬움 부끄럼 삶의 조각들
섬처럼 가물가물 점점이 떠 다니고
내 나이 칠십 넘어 그 섬들 하나 하나
모자란 듯 그대로 모두 예쁘다.

늦가을 일기

내 죽음이
오늘이든 내일이든
십년 뒤던 삼십년 뒤던
후회도 없어라 미련도 없어라
두려움 또한 없어라.

내 죽음이
어제던 그제였던
십년 전였던 삼십년 전였던
후회도 없었으리 미련도 없었으리.

내 죽음 위엔 비가 내리리
내 죽음 위엔 눈이 덮였으리.

꿈이 아프다

어릴 적 꿈은 총 천연색
날자 날자 퍼덕이다 떨어져도
다시 눈감고 도전하는 희망이었는데
공주를 구하기 위해 적진 속을
조자룡처럼 휘젓고 다닌 적도 있는데
힘이 옛 같지 않고 피곤한 요즘 꿈은 아프다
고약하다.

전철 속에서 초등학생 둘이서 칼을 들어 주위 사람
들을 위협하고 누나들 아줌마들을 희롱하고 설쳐대
는데 사람들 먼 산 보고 나도 따라 먼 산 보고 충분
히 힘으로 제압 가능한데 혹시 칼에 긋겨 다치면 생
길 고통이 겁나서 딴전피우는 나를 보고 그 비겁함
에 부끄러워 잠을 깨운다. 그들이 덩치가 고등학생
으로 돌변하여 더 큰 칼을 들고 고래고래 소리지르
며 행패를 부리고 누나들 아줌마들 공포에 비명지
르는데 사람들 못본 채 옆 칸으로 피해가고 나도 따

라 돌아서다 그중에 한 놈에게 팔잡히고 지갑 내놓
으라는 공갈에 지갑을 통채로 넘기면서 모기소리보
다 약한 목소리로 너희 사람이 이러면 안돼 하며 근
엄하려 발버둥치다 그 비굴함에 부끄러워 잠을 깨
운다.

깨어나 깨달은 진실이
숨어 있던 존재의 나약한 진실이
우습도록 싫어져서 내가 아파서
깨어나 마주할 현실은 더욱 무서워
다시 잠을 청하지만 꿈도 무섭다.

꿈이 아프다.

가계家系

증조 할머니는 기독교 신자였다
공자, 맹자, 조상을 신처럼 떠받들며
양반을 입에 달고 사시던 나의 할아버지
즉 그녀의 아들을 가볍게 제압하고
사랑방에서 교회를 두 개나 개척하셨다.

친가나 외가나 아버지 없는 사촌들이 많았다
이유를 묻는 건 금기 사항이었다.

천 팔백년도 중반에 태어나신
할아버지 할머니는 이남 사녀를 두셨다
둘째딸과 막내딸과 막내 아들은 평범하게 살았다
셋째 딸은 전도사 사위는 목사였다
큰 사위는 경찰하다 육이오 때
인민군과 교전 중 순직하였고
내 아버지 큰 아들은 대학 다니다 고향에 와
남노당 군당위원장으로 돌아다니다가 경찰에 잡혀

대전 형무소 감옥에 있다 육이오
국군 후퇴 때에 재판 없이 총살당했다.

친 할아버지 할머니보다 몇 살 위이신
외할아버지 외할머니는 이남 이녀를 두셨다
언니 이모는 평범하게 사셨다
작은 외삼촌은 면장하다 인민군에 잡혀가
등기소 헛간에 묶여 불타서 죽었고
큰 외삼촌은 남노당 도당 간부 하다
육이오 때 소문없이 죽었다
역시 남노당 간부 하다 죽은 작은 사위는
내 아버지다.

들기론 아들들도 사위들도 착한 사람들이었다.

큰 고모와 내 어머니, 큰 외숙모, 작은 외숙모
티 안내고 애들 키우며 조용히 살다 가셨다
각 자의 슬픔과 아픔은 숨겨서 보이지 않았다
집안에 바람은 좌로도 우로도 불지 않았다
그들은 자주 웃었고 따뜻했다
식구들에게도 이웃에게도.

큰 사위와 큰 아들을
큰 아들과 작은 아들과 작은 사위를
서로 다른 진영에 의해 잃은
할아버지들의 지긋한 눈길 속 아픔과
할머니들의 맥없이 우시던 눈물의 깊이를
평생을 숨기며 숨기며 삭히며 삭히던
허망한 분노 피맺힌 슬픔의 깊이를.

그 모든 걸 녹여
남은 자식들과 손주들
그 주변 모든 사람들을
중심 잡아 보살피던 힘을
칠 십을 넘긴 나는 지금도
가늠을 못한다.

가을 나무

텅 빈 내 혼은
고독으로 꽉 차 있다

고독은 평화다

깊은 산 속 계곡 물소리
넓은 바위 위로 한 점 흰구름
비알 타고 미끄러진 실바람

그리고
너무나 익숙한 어둠

가을 밤
마지막 잎새 흔드는 나무처럼
나는
가볍고 편안하다

법정 스님

누구는
가진 것 다 버리고
이룬 거 다 허물고 떠나가는데
흔적도 없이 사라지려 했는데

나는
무엇을 더 가지려 바둥거리고
무엇을 더 이루려 곤두세우나
덧없는 헛것들 속 허우적대나

그는
찬란한 훈장늘 큰 보람늘
훅 불어 꺼버리고
깨달음 그대로 떠나갔는데

나는
무엇을 바라서 잠을 설치고

허공인 줄 알면서 잡으려 하나

깊은 상처 들춰대며
아파하는가
숨은 흉터 꺼내 베고
뒤척이는가

또 잠을 청한다

깊은 산 큰 바위 밑 눌린 작은 돌
작은 돌에 밟혀 사는 찌드러진 잡초인들
큰 나무 밑자리에 엉겨붙은 푸른 이끼
그 이끼에 달려 사는 이름 없는 벌레인들
잡초로 벌레로 한세상 살아간들
불행타 뜻없다 그 누구가 손짓할까

욕심 없음 고픔 없고 꿈이 없음 불행 없고
큰 바위는 일년내내 더워 울고 추워 떨고
웅성했던 큰 나무들 눈보라에 시달리고
지나가는 뜬 구름이 잔바람에 실려가며
부질없다 크고 작음 다 똑같다 놀도 풀도
우는 건지 웃는 건지 알쏭달쏭 훈수 두네

죽었다 다시 살 때
잡초로 태어나도 벌레로 나타나도
겁날 것 하나 없다 손해볼 것 하나 없다

나는 또
뒤척이며
잠을 청한다.

겨울 편지

나는 요즘 편안하네
춥지만
이불을 끌어 올리며 편안하네

애들도 와 있고
친구들 가끔 만나고
그녀완 아침 저녁 인사 나누고

한동안
국민만을 위한다고 국민의 뜻이라고
뻔한 거짓말을 질러대는 친구들
믿어라 무조건 믿어라 믿으면 복 받는다
고래 고래 소리지르는 일타 강사들
방금 신과 대화를 마치고 나온듯한
근엄이 하늘을 찌르는 제사장
죽음을 부추기는 지구촌 곳곳의 선지자들
자신도 실없어할 힌소리 툭 던지는 고승 때문에

구토를 느끼며 불편했지만
이젠 편안하네
고개를 돌리니 편안하네
득得과 실失, 옳고 그름 넘어
그러려니 생각하니 편안하네

그들도 그냥 편안하게
하던 일 계속했으면 하네
그들 앞에서 우러르며 돈 내며
편안해지는 사람들이 있으면
서로 좋은 일이 아니겠는가

나는 요즘 편안하네
모두가 편안했으면 좋겠네

야무진 꿈

6월 어느날 오후
지나던 비에
뒷숲이 말끔히 샤워를 끝냈다

계절을 당긴 단풍나무 잎새 하나
불쑥 튀어나와 독무를 추고
남은 잎들이 우르르 백댄스 추면
푸르른 나무들 모두 일어나
젖은 머리칼 반짝이며 응원을 한다

푸른 바람 무대 위에 함께 축제다
그 속에 나도 녹아 함께 축제다

내가 쓰는 마음이 그림이 된다면
내가 그린 시가 예쁜 노래를 입는다면
나무는 팔 벌려 싱그러운 바람 안고
흰구름 흔들며 푸른 하늘 매만지리

〉

나는 나무 되어 숲을 이루고
야무진 내 꿈은 노래를 입고
야무진 내 꿈은 그림이 되리

그는 은자隱者 나는 속물俗物

사는 이유가 무어지 묻다가 묻다가
무엇을 해야지 묻다가 묻다가
어떻게 살아야지 묻다가 묻다가
막판에 손에 쥔 건 허무와 불가사의.

세상사 모든 싸움 이런 저런 아귀다툼
세상의 모든 쾌락 이 맛 저 맛 다 핥아도
살면서 쓴 맛 신 맛 깊은 상처 겪고 나도
자세하게 깊숙히 숨죽여 짚어 보면
그저 그냥 허무와 불가사의.

세상사 이놈 저놈 부질없고 한심하여
등돌려 눈을 감고 숲 속으로 산 속으로
깊이 깊이 숨어 사는 그 이름은 은자
하늘 땅 통하고 억년 전후 통하는
그의 이름은 은자 존경받는 은자.

그는 이제 고요하고 편안하다
어쩌다 누가 왜 사느냐 물으면
퉁명스런 선문답 혼자서 허무하고
궁극적 답이 없음을 답을 모름을
혼자서 알면서 맘을 숨긴다.

그를 알 듯도 하고 그가 부럽다
그도 알고 나도 안다
아무리 폼잡아도 세상은 그럭저럭
사람들은 고만 고만 길고 짧게 알듯 말듯
흘러 흘러 가리란 걸
가다가 의미없이 사라지고 말거란 걸.

그래서 나는야 거꾸로 간다
세상 속으로 사람들 속으로
떠들며 들으며 화내며 참으며
나는 그냥 속세에 살기로한다
쓰지만 달고 아프지만 신나고
시끌법석 요란하나 뜨겁고 재미있는
속세에 나는 산다.

떠들썩 따뜻한
속물로 살으리라.

신선

그는 신선이다
죽었는지 잠자는지 모를 신을
때때로 흔들며 같이 논다

시간은 흘러도 좋고 멈춰도 좋다
그게 그거다
그는 고전적 신선이 아니라
물리학과 우주학을 엿본 유식한 신선이다
아니 신화적 신이 더 맘에 들어도 한다
시간과 공간은 있기도 하고 없기도 하고
그는 있기도 하고 없기도 하고
산다는 게, 죽는다는 게 차이도 의미도 없다

깊은 산 속으로 홀로 들어간다
그곳에서 홀로 산다
그곳에서 홀로 외롭지도 지루하지도 않다
신선은 다만

해와 달과 별과 산과 나무와 어울려 산다
가끔 숲속을 헤매는 바람을 벗하여
편안하고 고요히 산다
시간은 헤아리질 않아 흐름을 모른다
세속이 궁금하지도 않다
삶과 죽음이 구분이 없다

그러던 어느 해인가
꿈도 없다가 고향을 꿈꾼다
딱히 궁금해서도 아니었다
고향은 여전히 괴롭고 아프고 슬프고 소란스럽고
그런데 재밌다
그후론 맛들려 들락거린다

그렇게 들락 날락 살기로 한다
그는 여전히 신선이다
신선이기도 하고 인간이기도 하다
같은 거친 바람에 어느날은 춥고
어느날은 덥다
꿈인지 생시인지 모르기 때문이다

우주도 무한하고 시간도 무한하고

죽음은 없다
보이지 않는 변화만 있을 뿐
죽음은 사라져서 다시 존재하는 것
영혼은 존재의 한 양식일 뿐
생각하고 생각하지 않고가 대세에
무슨 차이가 있는가

그래도
착하게 사는게 맞다
그는 부암동에서 노는 신선이다

비 개인 오후

오늘 비 개인 오후
손자 손녀 손에 끌려 마당에 나가
산도 보고 숲도 보고 하늘도 본다

지난 주 봄비에 꽃이 피고
엊그제 봄비엔 꽃이 지더니
어제 밤 봄비엔 마술처럼 기적처럼
뒷산이 온통 신록으로 뒤덮혔다

그래 그렇게
푸르게 푸르게 오래 오래 가거라
계절을 잊고 느릿느릿 성숙하며

오늘 비 개인 오후
따스한 햇볕 쬐며, 하늘 하늘 바람 쐬며
손자 손녀 손잡고 마당에 나가
시간을 묶어놓고 먼 하늘 바라본다

버리면 좋은 것

알수록 느낄수록
먼지처럼 날리는 것들
버리면 이렇게 편안한 것을
바람처럼 시원하고 가벼운 것을

뭔가를 알고 있다 가쁜 오만함
더 깊게 깨달았다 헛된 망상들
용서를 포기한 아픈 미움들
못이루어 섭섭했던 답답한 꿈들

누군가 물었다, 그래서 버렸나요?
나는 답했다, 매일 버리죠

뒷산에 오를 때나 화장실 갈 때마다
새벽마다 들리는 매번 같은 기도같이
절간에서 울려나온 매일 같은 독경같이

버리면 또 움트는 못된 자신감
불편하고 부당한 이 착각들
피고지는 꽃처럼 덧없는 것들
흩날리는 연기처럼 허망한 것들

버리면
이토록 편안한 것을.

그림

팔십을 얼마 앞둔 내가
그림을 배운다면 그림을 그린다면

수묵화겠지
벗은 나무 가는 가지 위
눈꽃이겠지
잿빛 구름 뒤로 해 넘어 숨진
뿌우연 노을이겠지
바람 한 결 없이 멈춰 조는
허어연 구름이겠지
힘없는 날개짓 짝잃은 갈매기
오락가락 외로움이겠지
흔들 의자에 누워, 웃는 듯 우는 듯
주름진 얼굴이겠지

마음 따라 붓길 따라
그림은 끝나가고

여직 가슴 속 깊이 타고 있는
붉은 점 하나
어디다 숨겨넣지

그래 그렇게 살자

누군가는
내일 지구가 망한데도
오늘 나무 한 그루를 심겠다 하고
누군가는
오늘 도를 깨우치면
내일 죽어도 여한이 없다 했지만

그래 나는
내일 지구가 망한데도 내일 죽어도

누군가 단 한 사람이라도
그의 눈물을 닦아줄 수 있다면
누군가 단 한 사람이라도
그의 웃음을 피워줄 수 있다면

그래 나는
오늘
그렇게 있자.

새벽 편지

그리하여 내가 다시
나의 귓 속에 소근거리노니

헛되고 헛되고 헛되도다
네가 그린 그림이여
네가 부르는 노래여
네가 피우는 꿈이여
네가 읽는 정신이여 문화여
버리고 비운 텅빔 속에 잔잔함이여
헛되지 않은 것의 헛됨이여!

창문 밖
마른 나무 끝에 곱게 핀 봄눈이
바람에 스치운다

아침 기도

오늘도 편안하고 조용한 하루를
주시옵소서
남의 몸을 아프게 찌르는 가시가 되지 않게
남의 맘을 멍들게 하는 바늘이 되지 않게
조그만 동작으로 조심스럽게 말하는
따뜻한 혀를 지키게 하시옵소서

만나는 누구에게나
스치는 누구에게나
깊은 계곡 거쳐 졸졸졸 흐르는 실개천의
산 소리 바람 노래 조용조용 들려주고
아침 이슬 듬뿍 먹은, 풀잎으로 곱게 빚은
풋풋한 향기, 스며들듯 뿌려주고
창틈으로 들어오는 이 상큼한 바람을
조금 조금 포장해서 나눠주게 하소서

표정이 다르거나 생각이 다른 모든 이들을

따뜻이 끌어안을 큰 가슴을 갖게하소서
화내거나 분노하지 않고, 이해하고 용서하며
스스로를 탓하는 깊은 지혜를 주시옵소서

만나는 누구에게나
스치는 누구에게나
잠깐 잠깐 웃게할 재능을 허하시고
함께 즐기는 하루가 되게 하소서.

3

함께 걷는 길

산다는 것

산다는 건
그냥 살아 있는 것일 수도
살기 위한 몸부림일 수도
하염없이 무지개를 좇는 것일 수도

툴툴 털어 내면
숨이 멈추지 않았다는 것
아직 맥박이 뛰고 있다는 것

그리움 하나
눈 가로 흘러내리는 것

어떤 자유

대답 없는 질문을 던지다가
정답 없는 질문을 헤매다가
너는 어느날 문득
자유로워질 것이다.

질문 없이 살아도
아무도
탓하지도 깔보지도 않음을
정답 없이 살아도
전혀
불편하지 않음을
알게 될 테니까.

내동댕이쳐진 자유를
알게 될 테니까.

말이 없음도 말이겠지요

말이 없음도 말이겠지요
오늘 내가 말이 없음은

할 말을 모르기 때문이요
할 말을 잃어버렸기 때문입니다

그대가 보낸 마지막 말이
서릿발처럼 서늘하여

내 목은 얼어 붙고
먹먹하게 감겼기 때문입니다

말이 없음도 말이겠지요
갑작스런 그대의 결별 선언에

제주도 그 난간에 기대 찍은 사진 속
맞잡은 손 온기가 아직 남았고

그대 집 현관 안팍의 입맞춤
그 뜨거움 지금도 내 혀는 얼얼한데

그대가 던진 말 한 마디에
얼음 같이 서늘한 그 한마디에
내 손과 혀는 얼어붙어
왜냐고 묻지도
안녕이란 인사도 못하고 있습니다

말이 없음도 말이겠지요
말이 내 맘을 그리기에 너무 모자라
행여 잘못 그대를 영영
떠나 보낼 것만 같은 두려움에
내 맘이 힘껏 내 말을 가두고 있습니다

그대여

설악산

친구야
너는 먼 이국 땅 꿈 속에 있고
이 아침 꿈 깨어 너를 그린다

그 여름 먹구름 속
녹음보다 더 푸르던 우리들 청춘
하루 종일 비내리던 설악산 여관
낮부터 밤 같이 길었던 하루
큰 숲에 쏟아지던 거센 빗소리
불어나며 커져 가던 계곡 물소리

온 종일도 모자라, 밤을 새운 술잔늘
술잔에 얹어 나눈, 사랑 노래 사람 얘기
담배안개 자욱한 허무의 방에
들꽃처럼 피어나던 낭만의 꽃들

우리는 50년 전

젊음을 노래하며 젊지 않았다
허무를 나누면서 허무하지 않았다
우리는 그랬었다.

좌표

너와 나의 다툼 들고
하느님께 찾아 갔지
하느님은 하늘 끝 하늘나라에
혼자서 계시더군
찾아뵈는 까닭을 업드려 아뢨더니
웃음으로 확대경을 내 앞에 밀으시며
네 좌표를 찾아보라 그러면 거기에
답이 있노라 말씀하시더군
가로줄 공간줄을 먼저 본 후에
세로줄 세월줄을 세워 보면서
네 좌표를 찍으면 알게 된다고
아수 쉽게 지나가늣 말씀하시데

가로줄 공간줄을 찾아 보았네
우주는 큰 우주의 티끌이더군
지구는 우주의 티끌이더군
지구 속에 우리는 보이지도 않더군

아무리 확대해도 보이지 않더군

혹시하며 세로줄 세월줄을 보았네
세월 속에 백 만년은 점보다도 작더군
자랑스런 오천 년은 보이지도 않더군
그 점 속에 천년은 가물가물 보이지 않더군
천년 속에 지금은 더욱 보일리가 없었지

좌표는 찍을 수가 없었네
있기는 있다는데 보이지가 않았네
존재는 한다는데 존재하지 않았네
있기도 하고 없기도 한거지

너와 나의 다툼은 꺼낼 수가 없었네
너도 없고 나도 없이
다툼이 있을 턱이 없잖은가
부질없는 다툼 따위
있을 턱이 없잖은가.

친구여 그대는 아는가

그대여 아는가?

우리 서로 매일 매일 멀어지고 있다는 걸

돌보다 단단했던 우리 믿음이

하늘도 시샘했던 우리 우정이

이곳 저곳 금이 가고 어긋나고 있다는 걸

그대는 풀바람 즐기며 들길을 걷고

나는 산새 소리 콧노래에 산길을 가네

우리는 보는 것도 듣는 것도 서로 다르네

신문도 채널도 다른 걸 보고 만나는 사람도 서로 다
르네

색깔 다른 상자 속에 서돌 가누네

그러나 그대여 아는가?

그대, 땅거미 진 들길에 홀로 외롭고

나는, 노을 빗긴 오솔길에 그댈 그리네

둘 사이 흐르는 강 하루 하루 깊어지고
남은 길 멀지 않아 더욱 속타네

오늘밤 친구여!
청진동 실비집 추억 베인 그 자리에
낙지에 소주 한 잔 마시고 싶다
네가 없어도 있는 것처럼 소주 두 잔 부어놓고
파랗고 뜨거웠던 추억 속에 빠지고 싶다.

갈등

누구는 오른 쪽이 옳다고
깨닫고
누구는 왼 쪽이 옳다고
깨닫고

누구는 이쪽이 선이라
깨닫고
누구는 저쪽이 선이라
깨닫고

서로 다른 쪽을 검지로
가리키며
너 틀렸다 너 악이다
고래고래 악을 쓰고

세상은 반 반 나뉘어
눈흘기고 등돌리고

같은 편만 얼싸안고
병든 배를 저어가고

먼 발치 부처님은 한심타 바라보다
너희는 다 똑 같다
깨달음은 다 다르다
질끈, 눈을
감아버리네

이름 까짓거

사람은 이름을 남겨야 한다고
그것도 훌륭한 이름을 남기라고
사람들아 두 눈 뜨고 똑똑히 보자
이름때문 짓는 죄가 얼마나 큰지
이름으로 만든 죄가 가득한 세상

사람들아 그까짓 이름 버리자
내 이름도 네 이름도 함께 버리자
이름없이 서로 서로 보듬고 살자

이름 때문에, 이기려 아등바등
질까바 조마조마 가슴태우는
부질없는 텅 빈 놀음 끝내버리자

죽어서 이름 챙기는 자 누가 있으랴
있더라도 필경, 부끄럽기만 할 테다
그는 그의 모든 것을 몽땅 알 테니

부끄럽지 않다면 그 또한 부끄러운 일

먼지가 진화했다 먼지로 돌아가든
신들이 주고 놀다 심술부려 거둬가든
생로병사 뻔한 일생 너 나 구분 어리석다

우주 망원경 속 블랙홀을 바라보다
나를 버리며 너를 찾는다.

주인공

드디어 성공했다
꿈 속에서 주인공이 되었다
무협지의 주인공이 되었다

판치는 거짓과 굼뱅이보다 느린 재판裁判이 답답해
밤마다 중국 무협 드라마에 빠진 지 일 년여
마침내 권선징악의 상징 강호의 패자가 되어
나는 날아다녔고 때때로 안 보였다
나는 천계天界에서 내려온 냉혹한 사자였다

우선 사익을 탐해
거짓말 하는 자, 말 바꾸는 죄들부터
손봐주기로 하였다
작두 같은 가위로 범죄 즉시 혀를 잘랐다
세상은 조용해졌고 깨끗해졌다
혀가 잘린 자들은 말을 못했고
있는 자들은 겁나서 거짓을 삼켰다

법은 멀고 가위는 가까웠다
원시법原時法이 민주헌법民主憲法보다
훨씬 짧고 시원했다

통쾌하고 후련했다.

말조심

친구야
네가 내 앞에서 누군가를 욕할 때
나는 네가 두렵다
누군가에게 내 욕하는
네 입이 떠올라서

네가 남 앞에서 내 애길 하며
내가 감당할 수 없는 내 칭찬을 과장할 때
나는 내가 두렵다
네가 과장한 내가 사실처럼
내가 속을까 걱정되서

너와 내가 맞장구치며 누군가를 탓할 때
나는 우리가 두렵다
우리의 맞장구가 편가르기나 질투
확증편향 아닌지 의심되서.

믿음에 대하여

교회당을 나오는 편안한 얼굴들
백팔배를 끝낸 사람들의 넉넉한 얼굴들
큰 절 하며 성묘 끝낸 평화스런 대가족

그들에게
신이 없다, 있어도 믿을 수 없다
있어도 인간 만의 것일 수 없다 라고
말할 수 없다, 말해서는 안된다

하느님의 은혜 예수의 부활 영생과 천당
부처의 자비 깨달음 넘어 피안의 극락
수많은 조상의 큰 우산 끝없는 은덕

구원의 믿음으로 반석 같은 저 큰 안정
천당과 극락 위한 희생과 봉사로
아수라 세상은 위태 위태 질서를 찾는데

없어도 있다고 속이고 속으며
신을 위해 찬송을 불러라, 목탁을 두드려라
대안은 없으니 믿음을 보호하자
촛불 들고 횃불 들고 드높여 찬양하자

그 불길로
너 죽고 나 죽고 다 죽어도
내 것은 내 것이다, 네 것도 내 것이다
서로 물고 할퀴는 피범벅 세상에
끝없는 사랑도 최소한의 질서도
피어난다 믿어보자

맘만으론 말만으론 법만으론
숭숭 빠져 무너지는 저 사람들
없는 자 가난한 자 힘든 사람들
언제든 어디서든 세상의 온갖 말로
팔 벌려 감싸고 끌어안는 힘이여

나쁜 놈 흉악한 놈 버리고 싶은 놈들
속이고 사기치는 도둑들 강도들
때로는 큰 소리로 때로는 조용 조용
품어안고 죽비 치며 얼르고 달래며

손잡고 별 달 보며 시간을 채우는 힘이여

저 믿음의 힘이여!

빛이든 신이든 불가사의든 거짓이든
연민으로 두텁게 예쁘게 포장을 하여
그것이 무엇이든 시비를 말자
누구인지 소리 죽여 묻지도 말자
있는지 없는지 따지지 말자
그냥 살다 그냥 가자.

신을 죽였다

오늘 새벽
신을 죽였다 내가 신을 죽였다
왜 어떻게 신이 내게 왔는진 모른다
어쨌든 신이 내게 왔고 나는 열심히 바라 보다가
그가 원하는 대로 목졸라 죽였다

우주를 만든 신이 어떻게 나보다 작은진 나는 알 수
없다 번개처럼 날카로운 광채를 찰나 보였지만 눈
은 거의 감겨 있었다 보기 싫은 걸 너무 많이 보다
가 못 볼 것을 너무 많이 보다가 불쌍하고 참혹한
것들에 눈물을 너무 자주 쏟다가 견디다 견디다 눈
을 감게 되었다고 보이나 너무 씌씌씌한 눈이었나
입도 거의 막혀 있었다 신이니깐 드실 필요는 없어
도 말씀은 있으셔야 되겠지만 언제부턴가 말씀을
잃으셔서 퇴화한 것이라 말했다 아무리 말을 해도
들어먹지 않으니 말을 않기 시작한 지 오래란다 귀
는 귀청이 찢어져 있었다 이놈 저놈 서로 옳다 온종

일 일 년 내내 고함치고 악다구니를 쳐대어서 피하
다 피하다 찢어진 것이라 말했다 코는 막혀가고 있
었다 너무 지쳐 스스로 호흡을 멈추는거로도 보였
다 더 이상 살고 싶지 않다는 뜻이 아닐까 싶었다
몸은 너무 말라 몸이랄 것도 없었다 팔 다리도 축늘
어져 있었다 옛날에 죄진 놈들 천둥 번개 벼락으로
혼내주던 힘은 잃고 헛방만 날리는 게 납득이 갔다
가슴만은 타고 있었다 해야 될 일이 너무 많은데 하
고 싶은 일이 너무 많은데 감당이 안되어서 우주 한
켠 점 지구 위에 만들어 놓은 것들이 스스로 생긴
것들이 진화하며 올리는 바벨탑이무너질가 걱정되
어 빨갛게 타다가 까맣게 재가 되어가고 있었다 하
여간 사는 게 사는 게 아니었다 온몸으로 내게 말하
는 것은 내가 보긴 분명히 죽여달라는 것이었다 나
를 죽이고 스스로 살 길을 찾아가라는 너무나 절실
한 절절한 바램이었다

그래서 나는 죽여드렸다
나는 신을 죽였다 빚 갚는 기분으로.

천국

어젯밤
천국에 가봤다네
궁금해서 너무도 궁금해서
알만한 데 부탁해서 살짝 가봤었네.

천국은 온통 꽃동산이더군
사시사철 피지도 지지도 않고
꽃동산이더군
시냇물은 졸졸졸 끝없는 노래로
흘러내리고
멀리 앞산엔 꽃들이 무지개처럼
울긋불긋 피어있고
푸른 소나무와 바위들이 분재처럼
조화롭데
하늘은 높고 파란데 뭉개 구름이
그림같고
소슬바람에 덩실덩실 춤을 추데.

사람들은 모두 젊고 팽팽한데
하루 종일 노래만 부르더군
고마웁고 은혜로운 하나님을 찬송하며
배고프지 않으니 밥먹을 필요없고
부족함 없으니 욕망도 싸움도 필요없고
항상 평온하고 적당하니 마음 비울 필요없고
마음이 가난할 필요도 굳이 없데
병도 고통도 없으니 약도 주사도 필요없지.

죽지도 않으니 애를 낳을 필요없고
만인은 만인의 애인이니 연애도 필요없지
때리는 자 없으니 오른뺨 내밀 필요없고
불행하고 불쌍한 자 없으니
봉사도 연민도 불요한 사치일 뿐
사람들은 잠을 잘 필요없데
언제나 쌩쌩하여 피곤하지 않으니까.

그리고 그리고 그리고

나는 몰래 뒤돌아 내려왔네
지루하고 지루해서
너무나 지루해서.

꿈이 요란하다

꿈이다
꿈이 요란하다.

시청에서 광화문까지 사람들이 모였다 수만이다 그들이 엉엉 운다 피눈물이다 바알갛게 피바다가 흐른다 경복궁에서 광화문까지 사람들이 모였다 수만이다 그들이 펑펑 울며 경복궁 벽에 이마를 찧는다 선혈이 낭자한 피바다가 흐른다 조국은 지쳐서 그들을 바라보고 양쪽 바다가 청계천에 모여서 함께 흐른다 피빛으로 흐른다 엉엉 울지만 구분이 안된다 고래고래 소리지르지만 엉켜서 차이가 없다 중랑천 쯤에서 해가 떠오른다 세수도 반하나 드섭고 붉은 해가 핏물을 세탁한다 눈처럼 하얘진 청계천 물이 한강으로 흐른다 한강에 새날이 흐른다 햇빛이 맹렬히 곱다 윤슬이 웅성이며 반짝거린다 경복궁도 시청도 구분이 없다 해는 뜨기도 하고 지기도 한다

〉
꿈이다
꿈이 꿈같다.

부처와 자승

부처를 찾다가 자승을 탓하노라
한 평생 맘도 몸도 공하다 노래하다
없는 몸 불살라 허욕을 부렸는가

깨달음 큰 지혜 피안으로 가는 길
중생을 이끌고 함께 갈 자비의 길
고단하고 지루해도 큰 중이 가야할 길
그대는 무엇에 쫓겨 서둘러 떠났는가

그대의 불생은 화려하고 속되었네
그대의 유언도 덧없고 헛된 욕심
중생에게 남긴 것은 불에 나는 공포 뿐
제 몸 태워 죽는 것이 중생의 갈 길인가
그대가 남긴 것은 허공에 뜬 그대 이름

약 먹고 죽으나 목매달아 죽으나
살다가 병들어 제 명으로 죽으나

어린애로 죽으나 백세 살다 죽으나
죽음은 한가지로 있다가 없는 것
그대는 죽음까지 요란 떨며 가는 겐가

그대여 내 묻노라
그대는
무엇이 부끄러워 숨기고 떠났는가

샌드위치는 아프다

나는 어쩌다 샌드위치다

대한민국 샌드위치다

누구는 날더러 빨갱이란다

아버지가 남노당원이었으니 빨갱이란다

그래 나는 빨갱이다

누구는 날더러 토착왜구란다

죽창들고 일본 욕을 안하니 왜구란다

그래 나는 극일했다 주장하는 토착왜구다

나는 센드위치다 밀려서 밀려서

시청과 경복궁 사이에 끼어 있다

내가 알아서 밀려서 샌드위치다

주변엔 나처럼 현행범 같은 샌드위치 말고도

애매하고 억울한 얼떨결 샌드위치들이 차고 넘친다

죄라면 나라 걱정 후손 걱정 뿐인

목소리도 작고 패거리도 없는 조용한 그들

나는 안다 내가 나를 안다 그대들 안다
나는 그대들 누구보다 더 대한민국을 사랑하는
세계 십대 강국 만드는데 기여한 긍지로
일본에 기죽지 않은지 아주 오래된
가슴 가득 자랑스런 대한민국 국민이다
독립하고 건국한 지 백년이 머지않은
자본주의 복지국가 자유 민주 대한민국 국민이다

샌드위치는 오늘도
이래도 불편하고 저래도 답답하다

위로慰勞

무심코
뒤돌아 보니

나를 반기는
동무들 함성

딱지치기 술래잡기
짧은 하루 해

뒷산은 온통
진달래 잔치

고향집 하늘 위로
흐르는 구름

다람쥐 두 마리
장독대 위

살림 차리고

밥 먹어라! 엄마의
그리운 음성

친구여!

너도 그랬단 말이지?

삼십년 육십년
평생을 함께한 친구여

우리는 왜
멀어지고 있는가

나는 너를 좋아했는데
나는 너를 알았는데
나는 너를 잘 알고 있는데

너는 왜 나를 모를까
우린 왜 말이 꼬이고 있을까

나는 아직도 너와
가까이 있는데

있고 싶은데

잠못이뤄 뒤척이는 이 밤
너도 같은 질문으로
하얗게
잠을 설치고 있단 말이지

친구여
너도 그랬단 말이지?

안부

이틀에 한 번씩
전화한다 해서
일주일에 한 번이면
된다 했더니
떠난 지 이 십일이
지났는데도
소식 하나 없다

잘 있겠지

창 밖에 가을비가
두런거린다
비하고나 놀자

아니다
잠이나 자자

소리 없는 행진

광화문에 사람들이 모인다
하나 둘 꾸역꾸역 거리를 덮었다
빨갱이라 불렸지만 빨갱이가 아닌 사람
토착왜구라 불렸지만 왜구가 아닌 사람들
넘치도록 가득하다

더럽혀진 거리를 내려보다
청소를 시작한다
촛농을 닦아내고 흰 머리카락 들어낸다
분노와 욕설로 범벅이된 탁한 가래 걷어낸다
주먹도 안 흔들고 고함도 없다
땀인지 눈물인지 얼굴이 흠뻑 젖어
이건 아닌데 이건 아닌데
가끔가다 들리는 공허한 신음소리

세종도 충무공도 소리없이 먼 산 보며
아닌듯 아닌듯 눈시울만 붉어진다

합종연횡 合從連橫

큰 딸은 북경 산다
남편은 변호사고 잘 산다
손자는 열 다섯 손녀는 열 네살
큰 딸은 매일 매일 바쁘다.

자랑스런 남편 수발들라 바쁘고 벌써 지보다 커버
린 새끼들 쓰다듬느라 바쁘고 친구들과 골프 치고
밥먹고 수다떠느라 바쁘고 하여튼 정신없이 바쁘다
나에게 전화할 틈이 없다 엄마가 세상 떠난 6년 전
엔 시간당으로 전화해서 생사확인을 해대더니 요즘
에는 아주 가끔 생각나면 자나가듯 전화한다 너 그
러면 30년 뒤에 너도 당한다 말할까 하다 구차해서
참고나서 나는 거대한 전략을 구상했고 성공했다
손자병법에서 배운 합종연횡이다 손자 손녀와 동맹
을 맺었다 그들이 이틀에 한 번씩 전화하면 방학 때
서울에 와 와가집에 40일쯤 머무는 동안 엄마의 삼
엄한 통제로부터 단호히 그들을 보호하고 숨겨주고

기꺼이 거짓말을 해주겠다고 제안했고 그들은 쌍수
를 들어 환영했다 그들은 어떤 때는 매일매일 전화
하고 아파도 전화하고 내가 바쁠 때도 전화한다 나
는 그때마다 올 여름에 그들을 엄마의 부당하고 지
나친 간섭으로부터 해방시키리라 다짐한다 내 귀여
운 손자 손녀가 황금 같은 청소년기의 자유를 만끽
하도록 수호천사가 되겠다고 마음을 다잡는다

손자병법은 유용하다 헌데
내가 손자 손녀와 동맹을 맺은 것이
합종이냐 연횡이냐
힘껏 주먹을 쥐어 보나
아직은 씁쓸하게 헷갈린다

산다는 건

산다는 것은
눈물을 흘린다는 것
기뻐서 슬퍼서 눈물을 터트린다는 것

산다는 것은
소리없이 신음하는 것
아파서 그리워서 뒤척이는 것

산다는 것은
너를 만나 즐거웠던 것
아침 저녁 사시사철 행복했던 것

산다는 것은
동무들과 손잡고 소풍 가던 것
더워도 추워도 떠들썩 신나던 것

산다는 것은

딸 사위 모두 모여 손자손녀 모두 모여
스마일 하면서 사진 찍는 것

산다는 건
이제
비스듬히 웃는 것

초겨울

그렇게도 많은 말을 하면서 살아왔는데
그렇게도 많은 사람에게 나를 말해왔는데
문득
이 세상에 나를 온전히 아는 사람이 아무도
없음을 확신하는 초겨울 새벽
마음은 당겨 온 추위보다 훨씬 더 춥다
고독을 즐기는 척 하면서도 으스스 춥다

그것이 언어의 한계라는 걸
그것이 대화의 한계라는 걸
그것이 내가 특별히 모자라서도 넘쳐서도 아니란
걸
죽는 날까지 그럴 수밖에 없다고 나를 달래다
나도 잘 모르는 날 누가 알겠느냐 나를 달래다
너를 잡는다 네 팔을 잡는다

그래도 너는 거의 나를 알지 않느냐 팔을 흔들며

네가 알고 있는 만큼 안도감을 느끼며
너의 안부 속에 내가 존재함을 감사하며
너를 안는다

이 겨울 모두가 춥겠지만 나는
춥지만은 않을 것이다

친구들이여!

삶의 여정 끝내는 시간 서로 달라서
떠나고 보내는 맘 섭섭하고 아플지라도
함께했던 추억들이 즐겁고 훈훈해서
아련한 미소로 살아난다면

긴 세월 많고 많은 사연들 속에
몇 개쯤 기쁨으로 떠오른다면
우리의 우정은 성공한 인연

만난 지 55년 그 긴 세월을
손 잡고 춤도 추고 노래도 부르면서
웃으며 다투며 함께 채웠지
힘들 때 아플 때 어깨 주던 그대들

비록 피부도 머리칼도 낡아졌지만
아직도 기억 속 풋풋한 앳된 얼굴들
남은 여정 언제나 그랬듯이

한 점 웃음과 위로로 버텨주기를
하차하는 순간은 서로 서로 다를지라도
추억은 너무 많아 앞뒤가 헷갈리고
내 눈 깊이 그대는 여린 햇사과다

내가 하차하기 전, 먼저 내릴 생각은
꿈도 꾸지 말아라
추억의 바다 위에 점점이 떠있는
그대들 얼굴은 언제나 푸르다.

슬픔을 울어준 그대에게

내 시를 만나 울어준 그대에게
웃음을 주고 싶다.

내 슬픔을 듣고
내 울음을 보고 울어준 그대에게
웃음을 주고 싶다 기쁨을 주고 싶다.

내가 겪은 이별의 쓰라림
내 가슴을 텅 비운 채 떠난 죽음의 키스를
함께 울어준 그대들에게
사랑의 기쁨과 만남의 희열을
노래하며 보여주고 싶다.

산 정상에서 오이 한 입이 주는 해갈의 상큼함
고픔을 해결한 갓난아기의 해맑은 웃음
치통을 치료하고 나오는 병원 앞의 상쾌함
가슴 조리며 응원하던 이긴 한일전

비밀한 내 마음을 읽어주던 친구의 눈길.

슬픔만큼 많은 기쁨을 노래하고 싶다
울음보다 훨 넘쳤던 웃음을 기억하고 싶다
두고 두고 풀어내고 싶다.

우리가 사는 동안

슬플 때도 기쁠 때도 많았지만

웃음도 울음도 아닌 보통 때가 훨씬

길었다는 진실도 함께 나누고 싶다.

종시終始

살아 온 길 위에서
사랑해서 즐거웠고 사랑받아 따뜻했다

아픔도 슬픔도 미움도
사랑으로 안고 가며

묻기도 하고, 피 묻어 찾던 길은
별빛 넘어 저 멀리 끝 모를 어둠

남은 건, 실바람에 묻어오는
고운 그리움.

해설

정과리
문학평론가, 연세대학교 명예교수

아픈 생으로부터의 활력
혹은
생체험으로서의 언어

아픈 생으로부터의 활력
혹은
생체험으로서의 언어

해설 | 정과리 문학평론가, 연세대학교 명예교수

아픈 생으로부터의 활력
혹은
생체험으로서의 언어

　어떤 사람이 스스로의 개인사를 기록한다는 것은 지나온 날들을 되돌아보고 그 애환을 끌어안는 소중한 마무리 작업이 되기가 십상이다. 이 시집 역시 그런 의도에서 출발했을 것이라 짐작한다. 그런데 이 시집은 그런 무의식적 기도를 충실히 이행하면서도, 그 운동을 발판 삼아 어딘가로 더 나아간다. 그 어딘가의 '생성'은 이 시집이 단순히 과거의 정돈이 아니라, 새로운 삶의 준비라는 것을 짐작케 한다. 물론 어떤 회고이든 미래를 앞두고 하는 것이며, 따라서 새로운 준비의 내용을 포함하게 마련이다. 그러나 조남준 시집이 보여주는 것은 과거의 여향餘響으로서의 미래가 아니라, 과거를 통째로 들고 가서 만들지만 과거에는 결코 예기치 못했던 것, 또는 과거에 대한 반동을 통해 구축되는 미래이다.

따라서 이 시집은 여러 번의 우여곡절을 거치며 특별한 방식으로 변화해 나간다. 이 변화의 양상도 흥미롭지만 변화를 받쳐주는 형식도 독특하다. 요컨대 이 시집에서 전개되는 삶의 변전은 '시'로써 기록되었기 때문에 가능했다고 할 수 있다.

이 글은 이 특별한 사정의 발단을 엿보기 위해 씌어졌다.

1. 생생한 순애보

처음 책을 열고 페이지 순서대로 읽는 독자는 우선 '지극한 순애보'를 만날 것이다. 아내에게 바치는 지극한 찬송들이 죽 이어져 있다. 첫 시를 보자.

네 눈은
고운 꽃으로 가득하고

네 맘 속엔
맑은 시가 넘쳐 흐르니

나는 너를
꼬옥 안을 수밖에

너는 내게
선물 같은 꽃다발
─「편지」 전문

사랑하는 사람의 어떤 부분이든 어여쁘지 않으랴.
이 시편들은 그 감격을 마음껏 토로하고 있다. 그러나
이 순애보는 지극히 사적인 것이다. 따라서 공개하면
어색함이 따른다. 그런 느낌이 마음 속에 얹힌 채로
부러움의 눈길로 따르다가 문득 독자는 충격적인 사
실에 직면한다.

엄마가 준비된 것 같아
큰 딸이 말했다.

엄마 딸이어서 행복했다고 말했어
작은 딸이 울먹이며
내 등을 밀었다.
─「임종」 부분

이 대목을 만날 때까지 상당수의 독자는 행복한 연애담에 젖어 있었다. 돌연 각성의 무대로 쫓겨나오며, 시인의 아내가 이승의 사람이 아니라는 사실에 놀란다. 그리고 그 전까지의 시들이 첫 시를 제외하고 과거형으로 쓰였다는 것을 뒤늦게 확인한다. 그렇다. 이 시편들은 회억回憶의 영역에 놓여 있었던 것이다. 그럼에도 불구하고 독자는 왜 저 환희를 현재의 지복으로 느꼈던 것일까?

그것은 무엇보다도 언어의 힘에 의해서이다. 초반부의 시편들은 단순히 과거형으로 씌어진 것이 아니다. 첫 시의 순수한 현재형이 이미 암시하지만 이어지는 시편들에서 현재형과 과거형은 공존하면서 팽팽히 긴장한다.

당신은 살아서 꿈을 꾸었지
그것도 자주 그것도 크게
나이 들면 꿈들은 작아지는데
당신은 반대로 더 크게 더 자주

화가가 되고 싶어 화구를 사들이고
몇 달쯤 서재는 화실로 변했었지
가구 디자이너 꿈꾸면서

책상도 의자도 만들어 봤지
만나는 사람마다 친구 삼았지
미국 사람 영국 사람 중국 사람 한국 사람
당신은 얼기 설기 당신 세계 만들었지
　　　―「당신은 몽상가」부분

전체 시제는 과거이다. 그러나 시 제목의 동사형은
시제를 지운 순수한 부정사不定詞이다. 그리고 그 지워
진 시제는 본문 안에서 생생한 묘사를 통해 현재형으
로 드러난다. '나'의 머리 속에서 전개된 묘사는 '당
신'을 꿈이 "더 크게 더 자주" 커져 가는 존재로서 그
린다. 꿈이 커져 가는 존재에게 죽음은, 즉 꿈의 중단
은 무시된다. 물론 아내는 저승의 사람이다. 그렇다면
묘사는 아내의 '신원'에 대한 저항이다. 화자 '나'는
언어의 마술로 '아내'를 부활시켜 지금 이곳에 실존하
는 인물로 만든다.

2. 실존적 언어의 이유

시를 "진심의 토로"로 정의한 것은 아주 오래전의
일이다. 서양 철학의 비조인 플라톤이 지금은 멸실된

‘디트람부스’ 형식의 운문에 대해 ‘디에게시스Diegesis’
라고 명명했었다. 아리스토텔레스의 『시학』에서 무시
되었던 그것이 훗날 18~19세기의 독일 낭만주의자들
에 의해 부활하고 괴테에 의해 실제적 어휘, Dichtung
으로 규정되면서, 현대 서정시의 기본으로 자리잡았다.

그런데 현대의 문학은 근본적으로 ‘낙원의 상실’로
부터 출발한다. 밀턴의 『실락원』이 그대로 가리키듯
이 말이다.

왜 ‘낙원 상실’인가? 여기에서 인간의 원죄를 묻거
나 신의 살해를 가리키는 건 말 그대로 상실의 상태에
자신을 가두는 결과를 초래한다. 독일 낭만주의 시인
들은 거꾸로 나갔다. 낙원 상실은 절대적 척도의 부재
를 뜻하며, 그 대가로 척도를 만드는 몫이 인간에게
쥐어졌다고 해석한 것이다. “지상에 척도가 없다”는
횔더린의 유명한 시구는 그래서 씌어진 것이다.

> 감히 말하자면, 인간은 신의 형상이라 불려야 한다.
> 땅 위에 어떤 척도가 있는가? 전혀 없다.
> 창조주의 세계가 천둥의 흐름을 멈춘 적은 결코 없다.
> 꽃 자체가 아름다운 것은 태양 아래 피기 때문이다.
> 종종 눈은 이 삶 속에서 꽃보다 더 아름답게 불려야 할
> 존재들을 발견한다.

오! 나는 그것을 얼마나 잘 아는가! 몸에서 피를 흘리고, 온전하지 못한 마음으로 신이 기뻐할까?

그러나 영혼은 틀림없이 순수하다고 나는 믿는다. 그걸 못 믿겠다

전능하신 분의 독수리가 날개를 펴고 찬송을 부르며,

그리고 수많은 새들의 목소리와 함께 다가온다.

그것이 본질이며, 존재의 몸이다.

아름다운 시내여, 그래, 너는 감동적인 모습이다.

그러면서도 너는 은하수를 따라 신성의 눈처럼 맑게 흐른다.

나는 너를 참으로 잘 알고 있다!

눈에서는 눈물이 솟아나지만, 나는 몸 속에서 생기 넘치는 삶을 본다.

—「경이로운 푸르름 속에서 En Bleu Adorable」, Hölderlin, Oeuvres. Hypérion, Empédocle, Poèmes, Essais, Lettres – édition publiée sous la direction de Philippe Jaccottet (coll.: Pléiade), Paris: Gallimard, 1967, pp.940

이 시구를 두고 슬퍼한 때가 있었다. 식민지 현실에 빗댄 평론가가 있었다. 그러나 그것은 명백한 오독이다. 이 시의 전언은 다른 데 있다. 창조주가 만든 것은

그 자체로서 아름답기 때문에 '지상의 척도'란 따로 존재하지 않는다. 단, 척도가 없기 때문에 그 아름다움은 의미 결여의 상태로 있다. 따라서 더욱 중요한 것은 "꽃보다 더 아름답게 불려야 할 존재들"이다. 그들은 "몸에서 피를 흘리고 온전치 못하지만" "영혼이 순수한" 존재들이다. 여기에서 '순수'란 '비어 있다'는 뜻으로 읽혀야 한다. 그 말을 거꾸로 뒤집으면 가능성으로 충만하다는 뜻으로 전의된다.

그 가능성은 그 존재가 지상의 아름다운 물상들에게 새로운 의미를 부여할 수 있다는 것을 가리킨다. 그 존재는 바로 '인간', '나'이다. 나는 스스로의 모습을 그렇게 관상하면서 "몸 속에서 생기 넘치는 삶을 본다."

낭만주의의 '낙원 상실'은 인간의 가능성을 무한으로 솟구치게 하는 효과를 노린다. 그때 인간의 가능성은 그의 행동 자체로부터 나타난다. 어떤 신분이나 본성에 기대지 않는다는 말이다.

3. 상처한 영혼의 상처는 덧나지 않는다

조남준 시집 앞 부분에 놓인 시편들이 보여주는 언

어적 특징인 '순수한 토로'는 바로 그러한 순수 동작, 어떤 과거나 신분이나 경제나, 여타 능력에 의존하지 않고 오로지 '사랑'의 행위에 몰두하는 것이 발산하는 생의 활기를 그대로 보여준다.

이러한 생의 활기가 실제로 시인에게 닥친 불행, 즉 반려의 상실과 대결한다. 대개 사람의 사정은 좌절 앞에서 헤어나지 못하는 것이다. 설움과 미련이 그를 하나의 소용돌이치는 감정의 골짜기에 가둔다. 그래서 "만질수록 덧나는 상처"라는 말이 자주 회자한다.

순수한 생의 외침은 그 상처의 고인 항아리로부터 벗어나는 도약이 된다. 가령 다음 시편들을 읽어보자.

(1)

그대 슬픔이여

메마른 가슴 속 치미는 울컥임이여

빈 그림자 안고 흘리는 하얀 눈물이여

그대 고독이여

밴드소리 진동하는 축제 한마당

수많은 인파 속에 홀로 있음이여

까맣게 덮치는 고요한 외로움이여

그대 아픔이여

잔 부딪혀 달래던 깊고도 긴 밤

쓸쓸하고 아쉬운 그대 빈 자리

허기진 그리움으로 불타는 가슴이여

―「빈 그림자」 전문

(2)

말 시키지 마라

어렵사리 기침을

목 밑에 잠가 놓고 있는데

보름 동안 콜록 콜록 밤잠 설쳤는데

울리지 마라

기껏 통곡하는 가슴

물기 쏙 빼 말려놨는데

한 달 동안 흐른 눈물 방안 가득 흥건한데

혼자서

그럭 저럭 견뎌냈는데

―「어떤 고독」 전문

(3)

어둠

적막

텅 빈 고요

……

……

피어나는 그리움

얼굴

목소리

잔잔한 손잡음

그대여 이 밤

나는

꿈꾸지 않는

꿈

─「그대여 이 밤」 전문

　상처한 이후의 고통을 견디면서 쓴, 일련의 시이다. (1)에서 시인은 상처의 아픔과 아내에 대한 그리움을 솔직히 드러낸다. 이 드러냄은 그러나 상실의 되풀이가 아니다. 그 상실에 처한 자신에 대한 객관적 응시가 있다. 매우 냉정한 지시를 통해 자신을 표현한다. "빈 그림자 안고 흘리는 하얀 눈물"이라는 기술에는 자신의 태도가 가진 허망함을 인식하고 있음을 보여준다. "까맣게 덮치는 고요한 외로움"에는 외로움의 솔직한 드러냄과 그것의 뜻없음("까맣게 덮치는")에 대한 인식 사이의 긴장을 드러낸다.

이 팽팽한 대립의 결과는 일종의 모순어법으로 발전한다. "허기진 그리움으로 불타는 가슴"이라는 표현이다. "허기진"은 연료가 다 떨어졌다는 뜻이다. 그런데 연료가 다 떨어졌는데도 가슴을 "불타고" 있다.

그게 가능한가? 그것이 가능하다는 것을 알려면 (2)를 읽어야 한다. 화자 '나'는 슬픔 속에 빠져 있다가 문득 자신을 인식힌다. 아내를 잃고 많은 날들을 울고 불고 몸부림쳤다. 잠도 자지 못했다. 그러나 이 엄청난 사태를 견딘 '나'는 여전히 살아있다. 그러니 나는 위로받을 이유가 없다. '나'는 나 스스로를 다스렸던 것이다. 그래서 나온 구절이 "말 시키지 마라"이다. 요컨대 아내의 타계와 더불어 모든 걸 잃어버린 것 같아도 무언가가 남아 있다. 그것은 그 사태를 견디는 '나'의 온갖 행위이다. 즉 사건의 결과는 공허이지만 사건 자체는 살아있는 물질이다. 그 살아있는 물질로서의 '나'를 문득 인지케 된 것이다. 이때 울음을 쏟아내는 행위는 울음을 비우고 기력을 채우는 행위로 변모한다. "기껏, […] / 물기 쏙 빼 말려놨"다는 진술은 그 심리의 표현이다.

그렇다면 '나'는 이제 저승의 아내로부터 해방된 것인가? 그게 아니다. '나'는 죽은 아내를 여전히 잊지 못한다. 그러나 상실감 속에 헤매는 것도 아니다. '나'는 죽은 아내와 더불어 무언가 다른 일을 한다. (3)을 보자.

'나'는 여전히 아내를 그리워하며, 아내의 떠남을 안타까워 한다. 그러나 그리움은 추락하는 감정이 아니다. 그것은 상승하는 감정이다. "피어나는 그리움"이라 했다. 이 표현을 통해 죽은 아내가 그리움의 영상("얼굴/ 목소리")으로써 나의 심리적 동반자로 복귀한다. 예전에 아내와 함께 살았을 때 누렸던 생의 기쁨을 다시 누릴 기회를 그렇게 해서 부여잡는다. 그로부터 "나는/꿈꾸지 않는/꿈"이라는 자신에 대한 재정의가 나온다. '나'는 (아내를) 꿈꾸지 않는다. 왜냐하면 나는 아내를 마침내 잃지 않았기 때문이다. 꿈이 결핍된 것을 소망하는 장치라면, 나에겐 꿈이 필요없다. 대신 나의 꿈은 이제 아내와 함께 새로 이룰 미래를 향한다. 그것이 "꿈꾸지 않는/꿈"이다.

4. 아내로의 귀환 혹은 순수인의 설계

그러니 죽은 아내를 지속적으로 그리워 할 이유가
또한 성립한다. 아내는 '나'가 생의 감각을 느끼고, 다
시 살 계기가 되었기 때문이다. 방금 읽은 시편들의
뒤를 이어, "나는 내가 독한 줄만 알고 있었다"라는
'착각'을 반성하는 시편 「착각」이 나온 것은 자연스러
운 수순이다.

그러다 요며칠 너를 앓는다
몸속 곳곳 숨어 있던 너를 앓는다
네 생각에 눈물 콧물, 네 모습에 기침한다

네가 남은 것인지 내가 잡은 것인지
따져 볼 틈도 없이 열병에 빠져있다

나는 몰랐었다
너를 보낸 아쉬움 네가 떠난 상처가
온 몸에 술래되어 깊이 깊이 숨은 줄을
애써 까맣게 모르고 있었다

나는 내가 독한 줄만 알고 있었다

─「착각」 부분

'독한 사람'만이 사는 게 아니다. '나'는 오히려 유약함으로써, 다시 산다. 나는 운명을 택하는 대신 인간을 선택했기 때문이다. 인간은 운명에 순응하는 존재가 아니라, (아픈) 경험을 되살면서, 과거를 되살리는 존재이다. 인간은 과거를 끌어안고 그것을 질료로 삼아 미래를 창출한다. 혹은 미래의 개척은 과거의 재구성이다.

이건 저 옛날 오디세우스가 그 모범을 보여주었던 여정이다. 오이세우스가 긴 세월에 걸친 귀향의 여정 속에서, 여신 '칼립소'를 떠나 지상의 아내 '페넬로페'에게로 돌아갔듯, '나'는 아내에게로 되돌아간다. 아내와 살면서 누렸던 모든 생의 활기를, 자신의 몸에 각인된 흔적들을 통해 다시 찾아낸다. 그렇게 "온 몸에 술래되어 깊이 깊이 숨은" 것들이 되살아난다.

이후의 시편들이 현실에 대한 객관적 인식과 성찰, 그리고 기획으로 이루어지게 되는 것은 이런 시적 여정에 기대어서이다. 필자는 그 후일의 과정에 대해서는 독자에게 독해의 권리를 넘겨주려 한다. 독자는 해독의 과정을 통해 시의 '화자'와 더불어, '겪은 삶이 신생이 되는 체험'을 하게 될 것이다.

5. 눈과 눈. 끊임없는 시작으로서의 마무리

다만, 그 체험의 단초를 되새김으로써 시적 감응의
진수를 새삼 새기는 것으로 마감을 한다. 무엇보다도
조남준 시집이 일으킨 원력, 즉 죽은 아내의 부활이라
는 경사는 삶의 실물을 있는 그대로 표현해내는 순수
하고도 솔직한 토로로부터 비롯한다는 것이다. 요컨
대 시인은 언어를 생체험 그 자체로 다루었던 것이다.
그 생체험으로서의 언어가 현실의 아픔을 미래의 지
평을 여는 질료로 바꾸는 최초의 실마리라고 할 수 있
다. 그 언어의 역능을 시인은 본능적으로 알고 있었
다. 그걸 가장 선명하게 보여주는 예가 다음 시구이
다.

그래도
두 얼굴에 어린 웃음
봄날 같아서
뜨거웠던 우리 가슴
꽃피어 있네
내가 꿀 수 있는
천국 있다면
네 손 잡고 시간 잊던

바로 그 순간
행복하고 그리운
그때 그 순간

먼 산 잔설이
네 눈 속에
녹는다
　　　─「빛 바랜 사진」 부분

　아내의 옛 사진을 보며 소회를 적은 시이다. 아내와의 현장을 순수한 현재형으로 그린 일은 이미 앞에서 말했다. 중요한 것은 마지막 연이다. 아마도 시인은 아내가 찍힌 사진 속에서 "먼 산 잔설"을 보았을 수도 있다. 그러나 시적으로 이 자연물은 저 생생한 현재성을 운명 안으로 끌어들이는 역할을 한다. 필자는 앞에서 시인이 운명을 거부하고 인간을 선택했다고 말했다. 그때 인간에게는 순수한 가능성이 주어진다. 하지만 그의 미래는 시시각각의 수행 속에서 변전한다. 그 변전 속에 영원성은 없다. 오로지 순간성만이 연속될 뿐이다. 그러나 이 순간성의 연속 자체가 하나의 영원한 풍경을 만든다. 왜냐하면 그 행동들이 인류의 장구한 역정 혹은 사업의 파노라마와 그 의의를 일깨우기 때문이다. '잔설'은 그런 시간적 풍경의 이미지로서의 '눈雪'의 자취이다. 수많은 자연물 속에서 '눈'은 운명 혹은 자연의 운행을 인간의 몫으로 내어주는 희귀한 이미지 중의 하나이다. '눈'은 아무것도 포함하지 않은 듯한 백색의 빈 여백으로 인해, 운명을 인간에게 무한히 열린 지평으로 내어준다. 그래서 저 옛날 최초의 근대시인이라 일컬어지던 프랑수아 비용François Villon의 유명한 시구

저 옛날의 눈은 어디 있는가?
(Où sont les neiges d'antan?)

가 씌어진 바 있거니와 한국의 시인 김수영도 이렇게 노래하였다.

저 펄펄
내리는
눈송이를 보시오
저 산허리를
돌아서
너무나도
좋아서

하늘을

묶는

허리띠 모양으로

맴을 도는

눈송이를 보시오

눈

〔…〕

산너머 민중이라고

산너머 민중이라고

하여 둡시다

민중은 영원히 앞서 있소이다

웃음이 나오더라도

눈 내리는 날에는

손을 묶고

가만히

앉아 계시오

―「눈」 부분

김수영의 눈은 "산너머 민중"의 은유이다. '산너머 민중'은 모든 인간의 시도를 넘어서는, 그러나 엄연히 인간이 이루어낼, 미래의 전망이다. 비용과 김수영이 날카롭게 포착했던 '눈'의 상징성을 조남준 시인은 본

능적으로 느끼고 있었던 것이다. 그리고 그 잠재적 무한의 '눈'을, 음운의 동일성을 교묘하게 이용해, 아내의 '눈' 속으로 끌어 넣음으로써, 시인과 아내의 그 순수한 사랑이 미래의 영원한 지평으로 펼쳐질 수 있는 문을 여는 것이다. 눈 자체를 말하지 않고 '잔설'로 그것을 축소한 것도 시인의 예민한 감수성을 알게 해준다. 그것은 시인이 지금 이곳에서 그가 실행해야 할 삶의 구체성에서 더 밀착해 있다는 것을 가리킨다. 그의 사업은 영원히 미지인 것이고, 그는 영원히 시작始作의 지점에 다시 서는 것이다. ✽

김중만 작가의 귀중한 작품을 시의 울림에 맞추어 제공해 주신 아드님 김네오 작가와 벨벳 언더그라우드에 감사드립니다.

표지 : 사막 LE MONDE GOBI DESERT 2006
1부 : 난 BLOOSOM L'ESPOIR 2019
3부 : 숲 LE MONDE
     YAKUSHIMA #2 2015

나무시인선 033

뻔하지만 지루하진 않았다

1쇄 발행일 | 2026년 04월 22일

지은이 | 조남준
펴낸이 | 윤영수
편 집 | 고기정 이름출판사 대표
펴낸곳 | 문학나무
         03085 서울 종로구 동숭4나길 28-1 예일하우스 301호
이메일 | mhnmoo@hanmail.net

출판등록 | 제312-2011-000064호 1991. 1. 5.
영업 마케팅부 | 전화 | 02-302-1250, 팩스 | 02-302-1251
ⓒ 조남준, 2026

값 16,000원
잘못된 책은 바꾸어 드립니다
지은이와 협의로 인지는 생략합니다
본 책은 저작자의 지적 재산으로서 무단 전재와 복제를 금합니다.
ISBN 979-11-5629-196-1 03810